ALBERT DELPIT

L'INVASION
1870

1re ÉDITION

PARIS
E. LACHAUD, LIBRAIRE-ÉDITEUR
4, PLACE DU THÉATRE-FRANÇAIS, 4

1870

L'INVASION

1870

DU MÊME AUTEUR

Les Malédictions, troisième édition (épuisée) . . . . 1 vol.

L'Apothéose de Lamartine (un acte en vers, Gaîté). 1 vol.

La Voix du maître (un acte en vers, Odéon) . . . . 1 vol.

SOUS PRESSE

La Chasse aux Prussiens, par quinze Francs-Tireurs . . . . 1 vol.

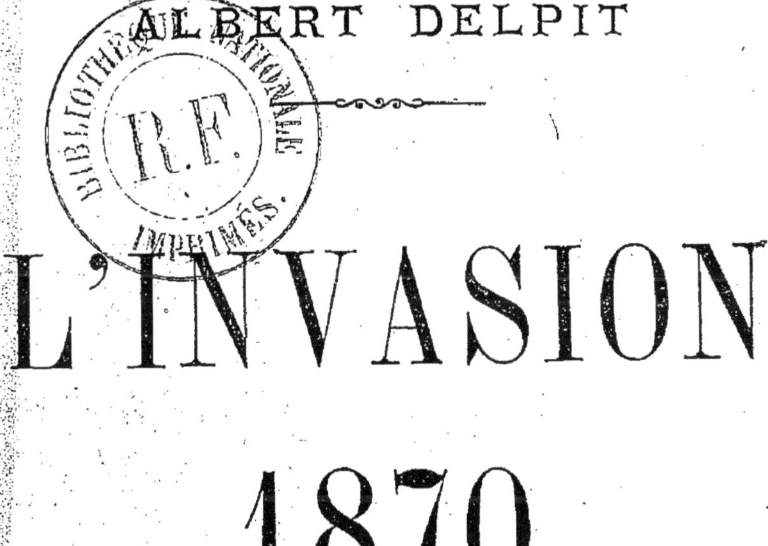

ALBERT DELPIT

L'INVASION

1870

PARIS

E. LACHAUD, LIBRAIRE-ÉDITEUR

4, PLACE DU THÉATRE-FRANÇAIS, 4

—

1870

A LA FRANCE

EN SOUVENIR DE 1787

UN CITOYEN DES ÉTATS-UNIS
A. D.

Paris, 1er novembre 1870.

L'INVASION

1870

I

PRÉLUDE.

O France immortelle et féconde,
Dont le peuple est le peuple-roi,
Et qui fais frissonner le monde
D'admiration devant toi ;

Mère de luttes grandioses
Comme les bardes en chantaient,

Qui résument toutes les choses
Dont Rome et Sparte se vantaient;

O France! j'ai pris ton histoire
Dans ces deux cents jours écoulés,
J'ai pris tes souffrances, ta gloire,
Et tes souvenirs écroulés;

Et de tout cela, de ces crimes
Que les deux tyrans ont commis
De tes soldats, saintes victimes
De tes infâmes ennemis;

De tout, des larges coups d'épée
Avec lesquels tu te défends,
J'ai voulu faire une épopée
Pour la léguer à tes enfants!

Août—Octobre 1870.

II

LA LÉGENDE DU DRAPEAU

On se battait depuis cinq heures du matin,
Et nos soldats pliaient, vaincus par le destin;
Mais tels qu'un aigle altier accroupi dans son aire,
Ils voulaient regarder en face le tonnerre.

Les Prussiens étaient quatre fois plus nombreux:

La mitraille de fer qu'ils vomissaient contre eux,
Fauchait les rangs français comme en juillet l'orage
Courbe les épis d'or debout sur son passage...
Rien n'y faisait: toujours, froidement, pas à pas,
Ces glorieux vaincus qu'on n'épouvante pas,
Pour sauver la retraite où reculaient les nôtres,
Calmes, se regardaient mourir les uns les autres.

Ils allaient, sachant bien qu'ils étaient condamnés.

Tout à coup un conscrit dit: — Nous sommes cernés!
En effet, parallèle à notre infanterie,
Les Prussiens avaient mis leur artillerie,
Afin de nous couper la retraite du pont!
En tordant sa moustache un commandant répond:
— Va bien! Allons toujours, enfants, c'est la consigne.
Ils vont: et dans les rangs, pas un cri, pas un signe,
Qui montre que ces gens décimés par la mort,
Vaincus, aient abjuré l'espoir de vaincre encor.

Un petit lieutenant de dix-neuf ans à peine
Dit :
— Commandant! j'en vois dix mille dans la plaine!
Et le commandant dit une seconde fois:
— Va bien! Allons toujours: je vois ce que tu vois...

Ils vont.

Les Prussiens redoublent la mitraille,
Croyant pouvoir d'un coup terminer la bataille,
Quand un vieux capitaine, un ancien de l'Alma,
Dont la poudre a bruni la peau qu'elle enflamma,
Dit :
— Commandant, ils vont nous prendre par derrière!
Le commandant répond :
— Va bien! qu'y veux-tu faire?
Allons toujours!...
Ils vont.
Le canon ennemi
Fait sa trouée énorme et les fauche à demi.
Tout à coup, au lointain, viennent au pas de charge

Dix régiments, tenant mille mètres de large,
Et faisant sur la droite un obstacle contre eux.

Les Prussiens étaient douze fois plus nombreux.

C'était comme une mer d'hommes et de fumée
Se resserrant toujours autour de notre armée.
Alors le commandant lorgne les alentours,
Et dit tout bas :
Va mal ! — N'importe !... allons toujours !...
Ils vont.
Mais cette fois ils retournent la tête,
Et, chargeant en avant avec la baïonnette,
Cherchent à se frayer un passage sanglant
A travers ce réseau de fer étincelant.

Oh ! les lions français terribles et superbes !

Comme le vent qui fait courber les hautes herbes,
A travers les boulets, les obus et le fer

Qui tombent sur leur front avec un bruit d'enfer,
Ils vont, amoncelant les morts sur les ruines,
Pour creuser un sillon à travers des poitrines !

Tout à coup, au milieu du terrible chemin,
Un cri sort, effrayant, de ce charnier humain :
C'est le drapeau français qui tombe, et qu'on menace...
Non ! un jeune conscrit s'élance, et le ramasse...
Une balle le tue ! — un deuxième le prend...
Un biscayen l'écrase !...
— Alors, de rang en rang,
Et toujours en chargeant en avant, tête basse,
Toujours de main en main le drapeau français passe,
Prenant pour défenseurs ceux qui veulent s'offrir :
Après celui qui meurt, celui qui va mourir !

Trois frères étaient là. Pour défendre leur France
Ils s'étaient engagés, n'ayant d'autre espérance
Que de mourir pour elle en faisant leur devoir :
Vraiment, on aurait dit trois enfants à les voir.
Le plus vieux a vingt ans, le plus jeune en a seize.

L'aîné prend le drapeau dans ses mains et le baise,
Puis, regardant le ciel comme un martyr chrétien,
Il dit, en élevant le bras qui le soutient :
— Dieu me garde ! en avant !
Il est tué.
Son frère,
Fait le signe de croix, une courte prière,
Et le prend à son tour en disant :
— En avant !
Il est tué.
Derrière, arme au poing, le suivant,
Le troisième relève avec sa main meurtrie
Ce chiffon glorieux, âme de la patrie,
Et répète :
— En avant !
Il est tué.
Grand Dieu !
Sous cette pluie ardente où l'ondée est du feu,
Toujours pour relever le drapeau qui frissonne,
Toujours quelqu'un, avant qu'il n'y ait plus personne !
Le conscrit volontaire ou le vieux vétéran
Tour à tour le relève et le sauve en mourant :
Vingt-huit fois le drapeau qui tombe, se redresse,
Agitant dans ses plis son ombre vengeresse !

On nous parle beaucoup des vieux Léonidas :
Qu'ont-ils fait de plus beau que ces vingt-huit soldats !

Château de Pray, 12 août.

III

LA HONTE.

Il est midi : le ciel est brillant de gaieté
Sous les doux chatoiements d'un beau soleil d'été;
La brise est douce, et va, parfumant la campagne,
Du hêtre de la plaine au pin de la montagne;
L'alouette s'élève en chantant sa chanson
Fraîche comme la fleur qui croît sur un buisson;
Vous voyez ce tableau fait d'ombre et de lumière :
Dans le fond, la forêt, dont la sombre lisière
Borde légèrement la route tout au long,
Comme un mantelet brun jeté sur le vallon ;

Plus bas, le ruisseau clair coulant son eau tranquille,
Et plus loin, les maisons d'une petite ville
Toute blanche, au milieu de ce beau jour d'été
Qui respire l'amour, la vie et la gaieté!

La ville, c'est Sedan ; le jour, le Deux Septembre.

Comprenez-vous cela, voyons!
Dans cette chambre,
Un homme, un empereur, a jeté dans un coin
Comme un hochet usé dont on n'a plus besoin
Et qu'on brise d'un coup sur un pan de muraille,
Son arme, vierge encor des feux de la bataille!
Il est parti, disant : C'est moi le général!
Bah! pour lui c'est assez de monter à cheval
Et d'aller en parade en tête d'une armée!
Mais que viennent les coups de fusil, la fumée
Du canon, les obus, le râle des soldats,
Tous ces héros obscurs que l'on ne connaît pas,
Cet homme, frissonnant devant cette tempête,
Rentrera son épée et baissera la tête,

Pendant que ses soldats qu'il fuit avec terreur,
Tomberont tous au cri de : Vive l'Empereur !

Quelqu'un vient et lui dit :
— La bataille est perdue.
La ligne jusqu'au bout s'est en vain défendue :
Ils étaient vingt contre un !.... Que faire ?
— Rendez-vous.
— Nous rendre ! Nous avons l'ennemi devant nous,
Chargeons encore, et si la moitié de nous tombe,
La moitié passera sur eux comme une trombe !
— Rendez-vous.

— Quoi ! nous rendre ! Et l'honneur du drapeau ?

Et la France par nous morte et mise au tombeau ?
Et la honte d'aller, nous, quatre-vingt mille hommes,
Des soldats, des Français, armés comme nous sommes,
Oublieux du passé, nous jeter à genoux....
Impossible ! Nous rendre ! Allons donc !
— Rendez-vous.

— Nous rendre ! Mais le monde est là qui nous regarde !
Mais la France à ses fils a confié sa garde !

Comme nous, notre épée est vivante, elle aussi!
Nous ne pouvons aller nous rendre à leur merci!
Humilier devant ces Huns et ces Vandales
Qui sur nos fronts courbés essuieraient leurs sandales,
Vingt siècles de grandeur dont le monde est jaloux!
Sire! devant le ciel, que faire?

— Rendez-vous.

— Sire! nous pouvons tout sauver, même la honte!
Nous avons des héros avec lesquels on compte,
Les dragons, les hussards et ceux des cuirassiers
De Reischoffen sont là, sabre au poing; — essayez!
Sire! ne perdez pas l'honneur de la patrie!
Sire! voyez la France avilie et meurtrie
Qui tord ses bras maigris à force de souffrir,
Et qui nous dit de vaincre, ou sinon de mourir!
Sire! nous devons compte à l'éternelle histoire
De nous, de nos soldats, de notre vieille gloire,
De nos aïeux pensifs qui nous regardent tous!
Sire! ne perdez pas la France!

— Rendez-vous.

Sacredieu! pas un seul de tous ceux qu'on renomme,
Pas un! n'osa casser la tête de cet homme!

. . . .

Ils ont capitulé! C'est fini, bien fini!
De tout ce grand passé que n'ont jamais terni
Ni les jours de succès, ni les jours d'infortune,
Restent des légions jetant, une par une,
Le fusil qu'à ses fils la France avait donné,
Aux pieds d'un caporal prussien couronné!

. . . .

Il est minuit : le ciel, étoiles impassibles,
Éclaire les coteaux endormis et paisibles :
Le rossignol des nuits gazouille sa chanson
Fraîche comme la fleur qui croît sur un buisson;
Plus bas, le ruisseau clair coule son eau tranquille,
Et plus loin les maisons d'une petite ville
Toute blanche, au milieu de cette nuit d'été,
Qui respire l'amour, la vie et la gaieté.....

Neufchâteau, 7 septembre.

IV

LA CHARGE DES CUIRASSIERS.

C'est depuis le matin que dure la bataille.
Rien n'a pu les forcer, ni boulets, ni mitraille,
Ni régiments lancés sur eux avec fracas :
Ils sont restés debout sans reculer d'un pas,
Devant cette tempête énorme et meurtrière,
Tels que des chevaliers qu'on a sculptés en pierre !

Ces héros ont sabré huit heures vainement.

Pour un bataillon mort revient un régiment,
Et toujours l'ennemi, dans des plis de fumée,
Pour un régiment mort leur ramène une armée!

Ils sont deux mille ainsi, luttant un contre vingt!

Les Prussiens font feu pour les forcer : en vain!
Toujours, toujours, partout, sur le mont, dans la plaine,
Les cuirassiers qui sont une muraille humaine!

Hélas! un Magenta ne doit pas revenir!

La journée est perdue : on ne peut plus tenir.
Mac-Mahon dit : Enfants, nous battons en retraite;
Jusqu'au bout, pied à pied, il faut leur tenir tête!
Vous êtes épuisés, brisés? Restez encor!
Serrez-vous, et chargez la charge de la mort!

Pour sauver le drapeau qui recule et qui pleure,
Il faut, le sabre au poing, les retenir une heure :
Les jeunes en avant, derrière les anciens,
A deux mille, arrêtez cent mille Prussiens !

Le général Michel répond : Vive la France !
Et l'on n'entend plus rien : La lutte recommence
Avec cent bataillons qui n'ont pas combattu !

Roi Guillaume ! voilà nos soldats ! Qu'en dis-tu ?

Ils en sont revenus trente-neuf...
— Je m'arrête :
La mort de ces soldats peut tenter un poëte :
Moi, je brise ma plume aux efforts superflus,
Et je pleure, en pensant à nos héros perdus......

Château de Pray, 10 août.

V

LA RENCONTRE.

Depuis deux jours déjà nous étions dans la Meuse.

La dévastation partout, livide, affreuse ;
Au coin des bois, pleurant leurs feuilles sur le bord,
Des toits pillés, des champs brûlés, cet air de mort,
Images du présent où la honte étincelle,
Comme l'Invasion en laisse derrière elle.

Nous allions tristement dans un petit chemin,
Près du bois. Je tenais mon fusil dans ma main,
Et devant ce tableau de sang et de misère,
Je faisais dans mon cœur une ardente prière
Pour en tuer encore autant que je pourrais,
Fallût-il à mon tour y succomber après !
Je sentais dans mon cœur bondir l'ardente haine !
Du sommet des coteaux au milieu de la plaine,
A travers les chemins défoncés par les eaux,
A travers la forêt où chantaient les oiseaux,
— Doux ignorants, joyeux devant ce grand carnage, —
Partout les Prussiens ont marqué leur passage.
Au loin, à l'horizon triste et silencieux,
Je voyais la ruine apparaître à mes yeux :
Par l'épaisse colonne où montait la fumée,
Les villages disaient : Là campa leur armée !
Plus loin, ce paysan français qu'on fusilla,
Montrait que les maudits avaient passé par là :
Tout enfin, au milieu de ce profond silence,
Tout jetait un grand cri de haine et de vengeance !

Cependant il fallait ne pas perdre de temps,
Et nous allions, pensifs et graves pour longtemps,

Car la tristesse noire avait gagné nos âmes,
Quand nous vîmes soudain une troupe de femmes
Et d'hommes, inclinant leur front triste et honteux,
Qui s'en venaient vers nous en poussant devant eux
Un vieux cheval poussif traînant une charrette.

C'étaient des paysans chassés par la conquête.

— Vous venez nous défendre ? Hélas ! il est trop tard !
Dit en hochant la tête un d'entr'eux, — un vieillard.
Merci bien tout de même, allez, pour tous les nôtres.....
Car vous empêcherez qu'on tourmente les autres...
Nous, l'on nous a tout pris, nos bœufs et nos moutons ;
Regardez, voilà tout ce que nous emportons :
Des vieux meubles, un peu de linge, et cette bête
Qui peut à peine encor traîner une charrette !.....

Ce vieillard me serrait le cœur à l'écouter,
Car il me paraissait vivre sans exister.....
Il tenait à la main une petite fille

De trois ans, à la mine éveillée et gentille,
Qui serrait sur son cœur, comme font les enfants,
Un tout petit bouquet de fleurettes des champs.

— Voyez-vous, reprit-il, ils sont dans le village.
Hier matin, nous partions pour aller à l'ouvrage,
Quant un gars de chez nous vint et dit : Les voilà !
Oh ! voyez-vous, monsieur, en entendant cela
Je pris peur, car j'avais la petite et sa mère.....

Comme pour en chasser une pensée amère,
Il passa sur son front une main qui tremblait.
Puis il reprit plus bas, comme s'il se parlait
A lui-même, tourné vers une idée absente :
— Pauvre femme ! elle était si bonne et si vaillante !
Rien qu'à voir ses grands yeux dont le regard rêvait
On devinait le cœur excellent qu'elle avait !
Il se tut un instant, l'œil fixé sur la terre ;
Puis, me serrant le bras fortement :
— Moi ! son père.....
Oh ! si je vous disais ce que j'ai vu ! — J'étais

Attaché contre l'arbre où je me débattais,
Sueur au front, rongeant mes poings, par impuissance,
Car je ne pouvais pas courir à sa défense !.....
Je lui criais : Ma fille !... Oh ! ma fille !... — Eux riaient.
Je voulus m'élancer... les cordes me liaient,
Impossible ! il fallait regarder cette honte !
Oh ! dans l'éternité ce quart d'heure-là compte,
Voyez-vous ! Regarder en face tout cela,
Lorsque c'est votre enfant qu'on déshonore là,
Et qu'un arbre vous serre aussitôt que l'on bouge !
..... Un moment je fermai les yeux,... mais je vis rouge
En dedans de moi-même, et plus horrible encor !...
Tout-à-coup j'essayai de me donner la mort
En me cassant le front contre l'arbre impassible...
Hélas ! même cela ne m'était pas possible !
Après ?... Ils l'ont tuée ! — Oh ! c'est juste, en effet.....
Eût-elle encor vécu, c'est moi qui l'aurais fait !...

Alors, je la clouai dans une vieille bière,
Et choisissant moi-même un coin au cimetière
Près de l'église, sous un arbre tout en fleurs,
Je l'enterrai, très-calme et sans verser de pleurs,

Car j'étais tout en Dieu, son vengeur et le nôtre !...
Puis, voyant que l'enfant jouait avec une autre,
Je lui montrai la tombe, et sur la croix de fer
Je lui fis à genoux réciter son *Pater*...
Après l'avoir couchée au fond de notre grange,
Je retournai tout seul prier près de mon ange,
Et j'ai veillé la nuit tout entière à genoux
Ma morte de vingt ans qui dormait là-dessous !.....

. . . .

Il partit, emportant dans ses bras la petite ;
Et moi, suivant des yeux cette race proscrite,
Ce vieillard que le ciel m'avait fait rencontrer,

Je m'assis sur la route, et me mis à pleurer.....

L'Abbaye (Meuse), 26 août.

VI

UNE ÉPOPÉE.

Ouvrez l'histoire : allez de l'un à l'autre bout
A travers le passé d'un peuple encor debout :
Lisez l'annale obscure où chante l'épopée
D'une nation morte en jetant son épée ;
L'Illiade d'Homère ou le livre d'airain
Chanté par Tite-Live au peuple souverain ;
Lisez tout, voyez tout, Juda, Sparte ou Messènes ;
Tout ce qu'on peut rêver de vaillances humaines ;

Tout ce qu'ont enfanté les poëtes passés
D'héroïsmes humains à grands traits retracés :
Les pairs de Charlemagne allant vaincre le monde:
Les montagnards d'Écosse, Artus, la Table Ronde;
Enfin, songez à tous ces héros admirés,
Hommes ou demi-dieux, — tout ce que vous voudrez!

Et dites si jamais le poëme ou l'histoire
Ayant à nous montrer l'héroïsme ou la gloire,
Depuis que de son pied Dieu poussa le soleil,
Ont jeté sous nos yeux un spectacle pareil
A cette merveilleuse et superbe épopée,
Écrite par Bazaine à larges coups d'épée!

Pensez donc à cela!
Pendant cent quatre jours,
A chaque instant, à chaque heure, partout, toujours,
A droite, à gauche, en face, étant un contre quatre,
Cet homme et ses héros n'ont cessé de combattre!
Ne sachant même pas ce que nous devenons!
N'ayant du monde entier qu'ébranlent leurs canons,

Que le sol sous leurs pieds et le ciel sur la tête,
Et l'écho du dehors que l'ennemi leur jette!

Ceci, c'est de l'histoire, à présent. Écoutez.

Nous étions abattus, nos jours semblaient comptés :
Nous avions essuyé défaites sur défaites,
Et la main du malheur courbait toutes nos têtes :
Nos drapeaux que jamais le feu ne respecta,
Où le monde douze ans avait lu : Magenta,
Nos drapeaux triomphants couronnés par la gloire,
Pour la première fois avaient fui la victoire ;
Guillaume avait lancé sa garde et sa landwehr
En leur montrant Paris qui leur était ouvert,
Et la terre criait de terreur éperdue,
Qu'après ces malheurs-là la France était perdue!

C'est alors que Bazaine a le commandement.
D'un coup d'œil il regarde et voit tout froidement.
Metz au nord, pour garder un quart de leur armée,
Dans un cercle de fer et de plomb enfermée,
Et l'immobiliser devant ses bataillons;
Mac-Mahon sous Paris et Trochu sur Châlons.

Alors il resserrait ses troupes vers le centre,
Et comme un lion roux acculé dans son antre
Écrase d'un seul bond les chasseurs trop hardis,
Il écrasait l'armée entière des Maudits!

C'est bien.
Il est à Metz depuis vingt jours à peine:
Chaque jour on se bat; chaque nuit on entraîne
Des canons à grand trot, pour qu'au soleil levant,
La lutte recommence ainsi qu'auparavant.

Et toujours, l'œil tourné vers Paris, il écoute

Qui sait ce qui se passe au loin sur cette route?
Les Prussiens vaincus peut-être! Encore un jour,
Encore une heure, et lui, triomphant à son tour,
Ira joindre là-bas nos troupes héroïques.....
Quel poëme nouveau de batailles épiques!
Déjà depuis dix jours un courrier est parti,
Et Bazaine de rien encor n'est averti:
Il attend, le cœur pris d'une sombre espérance,
Le retour d'un soldat qui peut sauver la France!

Mais hélas! rien ne vient!.... Muet est l'horizon,
Rien ne vient : il écoute encor, mais aucun son,
Aucune voix n'arrive à travers la nuit noire
Jeter à son oreille un écho de victoire!

Et toujours il combat comme si rien n'était.

Un jour que le héros en soldat se battait,
On lui dit :
— Maréchal! nous avons la réponse!....
Il accourt; c'est Sedan que la dépêche annonce!
Mac-Mahon a laissé Paris : il est vaincu;
Encore cette fois notre armée a vécu.

— Rendez-vous! dit Steinmetz; il répond :
— Pas encore!

Et le feu recommence au lever de l'aurore.

Comme pour l'accabler par un malheur dernier,
On lui dit :
— L'Empereur est notre prisonnier.....
Bazaine leur répond de nouveau :
— Que m'importe !
Et la lutte devient encor vingt fois plus forte.
Pour la troisième fois arrive un Prussien :
— Maréchal, nous marchons contre Paris !
— C'est bien.
Je dois rester ici jusqu'à la fin : j'y reste.
Et le parlementaire est éconduit d'un geste.

Le temps passe : toujours il voit autour de lui,
Aujourd'hui comme hier, demain comme aujourd'hui,
Ce cercle infranchissable où tonne la mitraille,
Jeté devant ses pas ainsi qu'une muraille ;
Dès qu'il a repoussé Steinmetz avec effort,
Steinmetz revient sur lui plus nombreux et plus fort !
Et jamais même une heure à la lutte échappée,
Jamais on n'a le temps de poser son épée :
Ses soldats sont debout, s'il faut être debout,
Malgré la mort, malgré la fièvre, malgré tout !
Au bagne de l'honneur leur vie est condamnée ;

On enterre le soir les morts de la journée :
Le matin, c'est encore un jour à conquérir.....

Toujours lutter, toujours vaincre, toujours mourir!
. . . .
Quand il ne resta plus ni cartouche ni poudre,
Quand les canons muets eurent lassé la foudre,
Quand on eut épuisé la lutte jusqu'au bout,
On vit que la moitié seule restait debout!
Tout le reste était mort dans cette lutte immense!

Alors le maréchal leur dit : *Vive la France!*
Et toute la journée on lutta corps à corps.
Puis, le soir, quand la lune éclaira tous les morts
Qu'avaient faits ces héros dans leur effort suprême,
On se rendit.
C'est là que finit le poëme.
. . . .

Ouvrez l'histoire : allez de l'un à l'autre bout
A travers le passé d'un peuple encore debout :
Lisez l'annale obscure où chante l'épopée
D'une nation morte en jetant son épée ;

L'Illiade d'Homère ou le livre d'airain
Chanté par Tite-Live au peuple souverain;
Lisez tout, voyez tout, Juda, Sparte ou Messènes;
Tout ce qu'on peut rêver de vaillances humaines ;
Tout ce qu'ont enfanté les poëtes passés
D'héroïsmes humains à grands traits retracés:
Les pairs de Charlemagne allant vaincre le monde;
Les montagnards d'Écosse, Artus, la Table-Ronde;
Enfin, songez à tous ces héros admirés,
Hommes ou demi-dieux, — tout ce que vous voudrez

Et dites si jamais le poëme ou l'histoire
Ayant à nous montrer l'héroïsme ou la gloire,
Depuis que de son pied Dieu poussa le soleil,
Ont jeté sous nos yeux un spectacle pareil
A cette merveilleuse et superbe épopée,
Écrite par Bazaine à larges coups d'epée!

Paris, 28 octobre.

VII

BISMARK.

Un mélange de Hun mâtiné d'Allemand ;
L'œil qui trompe répond à la lèvre qui ment :
La moustache est épaisse et rude comme celle
D'un vieux sanglier noir qu'une meute harcèle ;
A travers tout cela, brille l'ardent éclair
De l'homme qui, marchant sur la route de fer
Que son orgueil géant sur la carte s'est faite,
S'en va droit à son but sans retourner la tête.

Or, prenez Lacenaire, et faites-le puissant :
Qu'il ait l'amour du règne, et non l'amour du sang ;
Donnez lui cent trésors, tout un peuple, une armée;
Pour maître, un vieux soudard qu'on grise de fumée
Et qu'on soûle au besoin du sang des nations ;
Pour prince, un impuissant rêveur d'ambitions ;
Pour valets, quatre rois, Wurtemberg ou Bavière,
Dont la veine tarie a pour sang de la bière ! —
— Quelle est la différence entre ces hommes-là?
Répondez! Lacenaire et Bismark, les voilà!
Jamais devant le meurtre aucun d'eux ne recule :
Le premier vole un trône, et l'autre une pendule;
L'un pille, l'autre brûle, et tous deux, les coups faits,
Retournant au logis, joyeux et satisfaits,
Se disent, en voyant la tâche terminée :
— Ma parole! je suis content de ma journée!

Le ciel lui donna tout : le génie et l'orgueil;
En arrivant au monde il trouva sur le seuil
Tout ce qu'on peut rêver d'heureux et de facile;
Pour comble de bonheur, un monarque imbécile,
Maniaque de sang, privé de garde-fou,

Qu'il peut conduire au doigt, à l'œil, et n'importe où!
Eh bien! cet homme-là pouvait laisser sur terre
Le sillon lumineux que trace une œuvre austère;
Il pouvait secouer l'Allemagne en ses bras,
Lui frayer largement sa route pas à pas;
Faire rouvrir les yeux à l'instruction morte,
Gœthe ou Shakespeare, ou Dante, ou Corneille, n'importe!
Il pouvait l'élever par l'esprit et le cœur,
Seules armes par qui l'homme reste vainqueur....
Non! il a préféré lui donner une épée,
Et lui dire : Va-t-en! et qu'elle soit trempée
De tout le sang humain qu'elle pourra verser!
Ainsi que ton aïeul tu n'auras qu'à passer,
Et l'herbe cessera de croître dans la plaine!
Va! ravage partout la nation humaine;
Sois le peuple de forts qui jamais ne trembla :
Sois le Fléau de Dieu! moi, je suis Attila!

Ce n'est pas froidement qu'on peut juger cet homme!

Non! dès qu'à mes côtés j'entends qu'on me le nomme,
Ce Vandale maudit qui se pose en vainqueur,
Je sens bondir ma haine et sauter tout mon cœur!

En lui s'est incarné le crime qui nous brise!

Je revois ses soldats couchant dans une église;
Je revois le départ de tous ces paysans
Pendant que brûle au loin l'abri de leurs vieux ans;
Je revois cette enfant de sept ans qu'on fusille,
Près de l'enterrement de cette pauvre fille
Que les monstres ont fait mourir à petit feu.....

Son nom, et je revois tout cela, juste Dieu!

Je vois les champs brûlés, fumant dans la campagne
Pendant que près de lui, se soûlant de champagne,
Guillaume, ce vieux fou qui va pillant les rois,
Applaudit, en faisant un long signe de croix!

Paris, 5 octobre.

VIII

DANS LA NUIT.

Cette nuit, il pleuvait et le vent était fort;
Dans Paris qui dormait un silence de mort :
Rien que l'eau qui tombait sur mes vitres bien closes.
Or, à ces heures-là l'on revoit mille choses
Passer et repasser comme des revenants,
Devant les souvenirs tristes ou rayonnants;
Espoirs bientôt déçus, illusions finies,
Qui hantent le chevet aux heures d'insomnies :

Et comme je songeais tristement au passé
Qui revenait pour moi dans ce rêve effacé
Où l'ombre de la joie est si vite perdue,

J'entendis le canon tonner dans l'étendue.

O martyrs ! ô soldats qui succombez pour nous !
Malgré moi, l'œil au ciel, je me mis à genoux,
Et je priai pour vous que Dieu frappe avant l'heure...
Pour vous qui descendez dans la sombre demeure,
A vingt ans, couronnés de bonheur et d'espoir,
Loin de ceux que jamais vous ne deviez revoir,
Parce que deux tyrans, bandits ivres de gloire,
Ont voulu joindre encore une page à l'histoire !

Paris, 9 octobre.

IX

LE SERMENT D'ANNIBAL.

Ce sont des assassins et non pas des soldats.

Voyez ce qu'ils ont fait : un crime à chaque pas,
A Saint-Cloud, à Villiers, à Versaille, à Neuville,
Dans les champs, dans les bois, dans le bourg, dans la ville,
Partout l'assassinat infâme du bandit
Auquel chaque matin leur monarque applaudit !

Non ! ce n'est pas assez pour nous, ô roi Guillaume,
Qu'un jour l'histoire vienne et marque ton royaume
Du stigmate honteux chauffé pour le punir ;
Non ! ce n'est pas assez pour nous de l'avenir !
Quoi ! nous attendrions cinquante ou cent années,
Les générations s'en iraient entraînées
Vers la tombe éternelle où dorment leurs aïeux,
Et le Temps poursuivrait son vol silencieux,
Sur les jours écoulés jetant son aile immense,
Sans qu'ait sonné pour nous l'heure de la vengeance !
Des mots que tout cela ! Nous, nous voulons des faits,
Car il nous faut bien plus pour être satisfaits !
Il ne nous suffit pas de compter sur l'histoire :
Une telle vengeance est trop déclamatoire,
Et le procès-verbal d'un froid historien
Pour l'oubli du passé ne servirait à rien !

Sais-tu ce qu'il nous faut à nous, ô roi Guillaume ?
C'est le drapeau français flottant sur ton royaume,
Et pour vaincre, il nous faut quelques jours seulement,
Car la haine d'un peuple est forte immensément !
Chaque homme fera lire à son fils notre histoire,

Et lui dira : Choisis ! l'infamie ou la gloire !
La femme n'aimera qu'un époux libre et fier,
Et les enfants conçus dans ces unions d'hier,
Naîtront le sang au cœur et la haine dans l'âme
Pour ton règne maudit et pour ton peuple infâme !

Plus de futilités ! plus de plaisirs mesquins !
Ces choses ne vont pas aux cœurs républicains !
Le fer ne servira qu'à forger des épées
Que les larmes d'un peuple auront bientôt trempées ;
Le bronze, qui couvrait les murs que nous ornons,
Le bronze enfantera des sujets de canons !
Et fallût-il briser la colonne Vendôme,
Pour toi, nous en aurons assez, ô roi Guillaume !
Nous voulons étouffer l'écho de Wissembourg
Par le bruit du fusil et le son du tambour ;
Nous voulons effacer la trace du passage
Imprimé dans nos champs par ta horde sauvage,
Et pour n'y rien laisser, nous joindrons sur nos pas
Les pleurs de leur famille au sang de tes soldats !

5

Mais tu verras alors quelle est la différence
Du bandit de la Prusse au soldat de la France !
Nous n'irons pas brûler tes champs et tes maisons,
Ni prendre au laboureur le pain de ses moissons ;
Nos aïeux chevaliers nous ont légué leurs âmes :
Chez nous, on tient sacrés les enfants et les femmes !
Chez nous qui, chevaliers, avons toujours vécu,
On n'assassine pas après qu'on a vaincu !

Ceux que le Panthéon voit couchés sous son dôme,
Ceux-là nous montreront la route, ô roi Guillaume!
Et quand par les leçons venant de ces tombeaux,
Nous serons assez forts pour lever nos drapeaux,
Du club à l'atelier, du manoir à la grange,
Tu verras ce que c'est qu'un peuple qui se venge!

Mais alors, triomphants, nous étendrons la main,
Et nous dirons au monde : Assez de sang humain
Et les rois n'auront plus de vastes hécatombes

Pour jeter un reflet de gloire sur leurs tombes !
L'homme connaîtra l'homme au lieu de le briser,
Et dans un gigantesque et superbe baiser,
Sur le lit nuptial du passé qui chancelle,
Le monde enfantera la paix universelle !

Paris, 17 octobre.

X

LE DÉPART DU BRETON.

Les mobiles bretons ont pris rendez-vous là.

A l'appel de Paris, la Bretagne trembla,
Et, déchirant son cœur qui sait briser les chaînes,
Pêle-mêle, en jeta des hommes et des chênes.
Du chêne, l'homme fait des crosses de fusil
Pour aller conquérir notre gloire en exil;
Et le chêne à son tour féconde de sa sève
Le cœur chaud et puissant de l'homme qui se lève.

On les voit arriver en bataillons serrés,
A travers la bruyère et les genêts dorés.
Ils n'ont jamais quitté leur terre bien-aimée :
Quand le soleil couchant sur la lande enflammée
Jetait son manteau rouge à travers le ciel bleu,
Ces hommes, grands et forts parce qu'ils croient en Dieu,
Ne se demandaient pas si l'horizon immense
A leur calme regard cachait une autre France.
Où l'aïeul était mort, ils vivaient à leur tour ;
Leur monde s'étendait dans les bois d'alentour,
Et leur maison c'était la petite chaumière
Qu'agrandissaient toujours l'Honneur et la Prière.

Un matin, on a dit au jeune laboureur :
— La France est en danger : prends ton arme et ton cœur
Aujourd'hui, c'est en toi que la Patrie espère;
Quitte ta fiancée et ta vieille grand'mère,
Et viens.
Le laboureur ne s'étonna de rien,
Mit la pelle à l'épaule, et répondit :
— C'est bien,
Merci d'avoir compté que j'aurais du courage,

Le temps d'aller passer un quart d'heure au village,
Pour faire mes adieux à ceux qui restent là,
Pauvres gens qui m'aimaient si fort, et me voilà.

Il s'éloigna, suivant un sentier dans la lande.

— Pauvre Yvonne! elle attend là-bas que je descende...
Je devais l'épouser quand viendrait la Noël...
Rêveur, il éleva son clair regard au ciel :
— Mon bon Dieu, reprit-il, faites que j'en revienne;
Chacun a son aïeule ainsi que j'ai la mienne,
Mais vous le savez bien, je n'ai qu'un petit champ
Pour nous deux : or, elle est plus faible qu'un enfant;
C'est moi qui la nourris en cultivant la terre;
J'étais son petit-fils, et suis presque son père!
Après tout, mon bon Dieu, je serai satisfait,
Car ce que vous ferez sera toujours bien fait.

Puis, quand il arriva, prenant la jeune fille
Par la main, pour aller au foyer de famille,

Il se mit à genoux au pied du grand fauteuil
Où l'aïeule dormait dans ses habits de deuil.
— Mère, dit-il, voilà ce qu'il me faut te dire...
Il s'arrêta soudain : avec un doux sourire,
Son Yvonne, ignorant tout ce qui se passait,
Regardait ce tableau, croyant qu'il s'agissait
D'avancer l'union dès longtemps décidée;
Et devant le bonheur où cette douce idée
Jetait la pauvre enfant si joyeuse aujourd'hui,
En songeant à demain, il avait peur pour lui.
— Mère, je vais partir.
— Yvonne devint blanche.
— C'est aujourd'hui jeudi, je serai loin dimanche.
Nous allons à Paris qu'on veut prendre et brûler.
Ma mère, écoute-moi, tu n'as pas à trembler,
Dieu me protégera, tu peux être tranquille...
Au moins que mon départ ne soit pas inutile;
Quand nous aurons chassé l'ennemi loin d'ici,
A genoux près de toi tu me verras, ainsi
Qu'un jour je m'y mettrai pour notre mariage,
Te dire : Bénis-moi, je reviens au village.

L'aïeule regarda le ciel et se leva,
Mit les mains sur le front du jeune homme et dit : — Va !

— Ne pleure pas, Yvonne, il faut que je m'en aille.
Tu sais, il ne faut pas que la mère travaille,
Je te la recommande ; adieu, je reviendrai !

— Pars, dit-elle, va-t-en, et moi je t'attendrai.
Si tu ne reviens pas, je prierai pour ton âme.
En tous cas, au pays tu laisses une femme,
Et tu la reverras, si tu dois la revoir :
Pour moi, je t'attendrai ; pour toi, fais ton devoir !

Il s'est tenu parole, et lui comme les autres :
Nous les avons vus hier luttant avec les nôtres ;
Et les Maudits, voyant comme nous combattons,
Se souviennent des coups des mobiles bretons !
Quand le combat commence, à genoux sur la terre,
Chacun de ces héros murmure sa prière,
Et le pauvre curé d'un village inconnu,

Qui du fond de sa lande avec eux est venu,
Bénit au nom de Dieu, du Christ et de Marie,
Ces paysans tombés pour sauver la Patrie,
Avec ces deux guidons qui les mènent au feu,
Le drapeau pour leur France, et la croix pour leur Dieu!

Paris, 16 octobre.

XI

SURSUM CORDA!

I

Allons! n'hésitons plus, car l'heure est solennelle.
Puisque le malheur vient-nous fouetter de son aile,
Puisque l'heure est venue où nous devons souffrir,
Soyons dignes de vivre en sachant bien mourir!

Eh! quoi! parce qu'un homme a vendu notre France,
Parce qu'il a jeté le pays sans défense

Aux mains de deux bandits nés du sang d'Attila,
Sans résister encor nous en resterions là!
Nous verrons!
Ils prendront Paris? Soit, c'est possible!
Il ne restera plus qu'une cendre insensible
De la ville où le monde apprenait à penser ;
Sur son emplacement l'herbe pourra pousser,
Et l'on pourra semer, comme aux siècles antiques,
Du chanvre où s'élevaient ses créneaux héroïques;
Mais après, nous aurons pour lever nos drapeaux
Quatorze millions de combattants nouveaux,
De l'or, du pain, du plomb, et le fer qui terrasse
Ceux qui pensent d'un coup frapper toute une race!

Quand Paris sera mort, il nous restera Tours!
Où les Valois dressaient leurs châteaux aux cent tours;
Tous les siècles passés inclinés sur la Loire
Refléteront d'un coup notre superbe histoire!

Tours brûlé, nous aurons Bordeaux vivante encor!
Dans la vieille cité que brunit son ciel d'or,

Et que la main de Dieu pour jamais a bénie,
Nous irons enfouir la France et son génie !

Quand ils l'auront brûlée et pillée, elle aussi,
Avant que nul de nous n'ait demandé merci,
Nous lutterons encor notre lutte impuissante,
Et Brest accueillera la France agonisante !

Lorsque Brest tombera, quand tout sera perdu,
Quand Dieu de notre appel n'aura rien entendu,
Quand nous sortirons morts de la fournaise immense
Où le monde à jamais finit et recommence,
Oh ! alors, n'ayant plus ni poudre, ni canon,
N'ayant plus du passé qu'un regret, et qu'un nom
De la plus grande encor des histoires humaines,
N'ayant plus d'âme au corps et de sang dans les veines,
Pour trouver un tombeau digne de son néant,
La France ira d'un bond sombrer dans l'Océan !

II

Mais nous verrons plus tôt finir notre épopée !
La France ne fait plus reluire son épée
Pour défendre un tyran qu'elle ne voulait point !...
O nos fiers conquérants, nous n'irons pas si loin!
Reichsoffen et Sedan, vos semblants de victoire,
Vont croûler sous ces murs qu'illustrera l'histoire

Paris va devenir votre immense tombeau!.....

Et plus tard, quand sera venu l'âge nouveau,
Où l'homme recueilli dans le passé remonte
Pour juger froidement l'héroïsme ou la honte ;
Lorsque le voyageur égaré dans nos champs
Trouvera vos débris gardés par nos enfants,
Et qu'il demandera le nom de cette armée
Qui sous nos coups puissants s'est un jour abîmée,
Et le nom de son roi dans l'ombre enseveli,

On répondra, mêlant de dédain et d'oubli
Le nom de ce tyran au nom de son royaume :

— On ne sait plus qui c'est.... Genséric ou Guillaume!....

Paris, 25 septembre.

XII

SOUVENIR.

Quand nous étions enfants tous deux, mon frère et moi,
Au mois d'août, nous allions, plus triomphants qu'un ro
Au château du grand'père, au fond de la montagne,
En Bourgogne, au milieu de la belle campagne,
Toute chaude, et dorée aux feux de ce soleil
Qui fait le blé plus jaune et le vin plus vermeil.
C'est là que se passaient nos joyeuses vacances.

Il me semble avoir eu souvent plusieurs enfances,
Tant les ressouvenirs du passé sont nombreux.

J'ai ces premiers jours-là toujours devant les yeux.
Figurez-vous la route aride à la montée
Avec la haie en fleur au bord d'un champ plantée,
Et tout en haut, après un talus fort glissant,
La croix, blanche jadis, qu'on salue en passant,
A côté, le grand bois qui se perd dans l'espace,
En bas, dans le vallon, la rivière qui passe,
Et tout près, le château dans son beau parc ombreux...

Lorsque j'arrivais là, Dieu! que j'étais heureux!

Sans doute vous trouvez cela très-ordinaire?
Eh bien, hier encor j'allais chez mon grand'père,
Et dès que j'arrivais je me sentais ému
Dans ce pays aimé que j'avais tant connu.
Le lendemain, dès l'aube, oh! quelle promenade!
Je courais dans les champs, sur la belle esplanade,
Dans les bois où si fier jadis j'avais passé,
Pour bien voir si le temps n'avait rien effacé :
Le bonheur que j'avais ne peut pas se décrire,

Ces choses-là, vraiment, il ne faut pas en rire...

Chacun a dans son cœur un endroit préféré,
Et s'est dit : Si je peux, c'est là que je vivrai :
Eh bien, pour moi, c'est là que j'aurais voulu vivre !
Vous savez, on connaît le chemin qu'on va suivre,
On connaît les buissons sur le sol endormis,
Et même des brins d'herbe on s'est fait des amis ;
On sait juste l'endroit où l'aubépine pousse,
L'endroit où l'on aura les meilleurs lits de mousse,
Pour rêver doucement sans craindre la chaleur,
Et pouvoir aux oiseaux raconter sa douleur.
Tenez ! je gagerais m'en aller, sans lumière,
La nuit, les yeux fermés, m'asseoir sur une pierre
Que je revois d'ici derrière le parvis
De l'église, à côté d'un champ de chenevis,
Où j'ai conté jadis bien des vers à la lune
Qui ne trouvait jamais ma visite importune !

Eh bien, quand on m'a dit : Les Prussiens sont là !
J'ai pleuré.
Je voyais à travers tout cela

Passer le soudard ivre et demandant à boire;
Tout ce que je gardais au fond de ma mémoire,
Souvenirs d'un passé qui fait battre mon cœur,
Je voyais tout cela foulé par le vainqueur!
Tout ce que j'aimais tant, ma seconde patrie
Par les soldats maudits désolée et flétrie!...

Quand les reverrons-nous ces beaux jours d'autrefois,
O ma chère campagne, ô mes champs, ô mes bois!....

Chaumont, 8 septembre.

XIII

LE DERNIER JOUR D'UNE CITÉ.

A STRASBOURG.

On n'entend que le bruit du canon dans les rues :
Par la flamme et le fer incessamment accrues,
La ruine et la mort se sont donné la main :
Hommes, femmes, vieillards, enfants, tout être humain
Se débat écrasé par l'effort qui le brise,
Sous l'étreinte suprême où Strasbourg agonise.

Ce qui ne brûle pas encore va brûler:
De temps en temps on sent la terre s'ébranler...
Ce n'est rien : ce ne sont que vingt maisons qui tombent,
A travers les sanglots des blessés qui succombent :
Un boulet passe et va frapper un bataillon,
Fauchant des rangs entiers dans son large sillon :
On enlève les morts, et le feu recommence.

Oh ! qui raconterait cette bataille immense !

Un colonel de ligne arrive du dehors.
Tous les soldats vivants sont entrés dans le corps
Qu'il ramène brisé par trente heures de lutte :
Le reste est mort, ou va décroissant par minute ;
Uhrich est là :
— Comment sont vos hommes?
— Très-mal.
— Combien en avez-vous ?
— Dix mille, général.
— Combien de Prussiens devant vous ?
— Deux cent mille.
— Chargez !
Le colonel sort encor de la ville.

Uhrich court aux remparts. Quinze cents artilleurs,
Pendant que les soldats vont les défendre ailleurs,
Lancent sur l'ennemi les boulets et les flammes :
Auprès d'eux sont couchés les enfants et les femmes
Qui leur ont apporté de la poudre et du pain,
Car toujours les canons et les hommes ont faim !

— Général, dit un vieux, la poudre diminue.

Uhrich montre la plaine et lui dit :
— Continue.
Plus loin, un artilleur tombe, couvert de sang.

— Un homme pour mourir ! dit-il.
Il en vient cent.

Alors le général se tourne vers les autres :
— Le poste doit rester au plus ancien des vôtres,
Mes enfants : prends, l'ami : le canon t'appartient !

Et l'artilleur, pendant que le feu se soutient
Toujours plus écrasant de la ville à la plaine,
Fendant l'air enflammé de sa bruyante haleine,
Décharge le canon, et tombe. Il était mort.

— Général, les boulets vont nous manquer encor,
Dit un sergent, penché sur l'affût qui tressaille.

Le général répond :

— Ça ne fait rien : travaille !
Il faut tirer sur eux si longtemps qu'on pourra :
Quand nous n'en aurons plus, eh bien ! on en fera !

Il s'éloigne, et le feu double de violence.

Dans la ville, la flamme a gagné l'ambulance :
Alors tous ces héros, que jamais rien n'abat,
Après avoir été des lions au combat,
Courent pour arracher sa proie à l'incendie

Par la bise du Nord à chaque instant grandie :
Ils posent une échelle au mur de la maison
Où la mort va faucher sa terrible moisson,
Et sous l'écrasement des boulets et des bombes
Emportent ces blessés dont se creusaient les tombes.

Uhrich prend sa lorgnette et regarde au lointain

— Allons ! dit-il, voilà l'ennemi, c'est certain :
Nos soldats terrassés ont dû battre en retraite !

En effet, tout couvert de sang jusqu'à la tête,
Un jeune lieutenant accourt, trois fois blessé :

— Eh bien, le colonel ?
— Mort ! Je l'ai remplacé.
— Mais, et le commandant ?
— Mort !
— Et le capitaine ?

— Mort !

— Que vous reste-t-il d'hommes ?

— Deux mille à peine.

Alors le général réunit ses soldats.

— Il ne faut pas nous rendre encore, n'est-ce pas ?

Chargeons !

Et les soldats partent, Uhrich en tête !

Mais non plus cette fois pour venger la défaite,
Non plus pour délivrer la ville qu'il défend,
Et revenir encor dans ses murs, triomphant,
Après avoir sauvé la grande citadelle,
Mais pour lui faire au moins une mort digne d'elle,
Et puisqu'il faut tomber, tomber en lui faisant
Un sépulcre taillé dans la chair et le sang !

Cependant des remparts tonne l'artillerie
Toujours à chaque instant plus forte et mieux nourrie :
A travers la fumée on voit l'énorme effort

De tous ces artilleurs, forgerons de la mort,
Forgeant des corps humains quand le canon s'allume,
Comme un morceau de fer qui bondit sous l'enclume!

Quelle fournaise rouge au milieu de ces champs!
Aux pères fatigués succèdent les enfants;
Chacun fait à son tour la terrible besogne,
Pas un, pas un d'entr'eux que la rage n'empoigne,
Pas un qui pour mourir ne se soit apprêté,
Devant ce grand combat où tombe une cité!

Le sergent de ses mains se fait une lorgnette :
— Crénom! grognonne-t-il en remuant la tête,
Ces Maudits vont tomber sur nous comme des chiens!

Tout à coup il entend crier : Les Prussiens!

En effet, l'ennemi vient de couper les nôtres.
Pendant qu'Uhrich chargeait cent bataillons, les autres

Sont venus par derrière et nous coupent en deux :
Les Français épuisés sont pris entre trois feux!

Un colonel accourt et regarde la plaine,
Où tous sont si mêlés que l'on distingue à peine
Sous le ciel qui se couvre et la nuit qui descend,
Qui des deux ennemis est vainqueur à présent.
Le feu s'arrête, et tous regardent en silence.
Qui sait de quel côté va pencher la balance?
Muets, les artilleurs regardent sans rien voir.....
Voici la nuit; le ciel, la plaine, tout est noir.....
Dieu! que sont devenus nos soldats?.... On ignore
Ceux qui de ces héros restent vivants encore!
On ne sait rien, mais rien! Sont-ils morts ou vainqueurs?
Outre le doute affreux l'angoisse étreint les cœurs !....

Tout à coup on entend un cri de sentinelle,
Et puis c'est tout! Plus loin, le cri se renouvelle,
Puis une troisième fois un qui-vive lointain
Auquel les arrivants répondent!....

C'est certain !

Ce sont eux! Ils ont pu trouer cette muraille
De corps humains jetés à travers la bataille
Pour couper la retraite à nos soldats brisés!
Ce sont eux!
Mais hélas! presque tous sont blessés.....
Deux mille sont partis, cent cinquante reviennent.....
Oh! que toujours nos cœurs de ceux-là se souviennent,
Qui pour lutter pour nous de partout sont venus,
Vécurent ignorés et sont morts inconnus!

. . . .

Il ne restait plus rien dans la ville affamée,
Plus de fer, de boulets, de poudre, plus d'armee
Plus rien! Le désespoir avait surgi partout :
Pas un de ses créneaux n'était resté debout;
Elle avait noblement succombé toute entière,
Sans vouloir un seul jour baisser sa tête altière,
Regardant sa ruine avec sérénité....

En France, c'est ainsi que meurt une cité!

Paris, 17 octobre.

XIV

HISTOIRE QUOTIDIENNE.

Les Prussiens maudits ont pillé cette ferme,
La brûlant, et prenant tout ce qu'elle renferme,
Volant les bœufs, laissant comme un spectre debout
La misère toujours, et la honte partout.
Ensuite, pour finir ainsi qu'à l'ordinaire,
Ils ont tué l'enfant et violé la mère,
Et puis ils sont partis, en laissant derrière eux
La mort dans ce vallon si doux et si joyeux.

Cependant, le fermier s'en revient de la ville.
Dès l'aube, appelé là pour une affaire utile,
Il prit entre ses bras la mère et le petit,
Les embrassa tous deux sur le front, et partit.
C'est un brave bomme : il n'a que deux amours dans l'âme,
Deux amours saints et forts : son enfant et sa femme.
Aussi, pour arriver plus tôt à la maison,
Il va vite, malgré le chaud de la saison.

— Bonne Jeanne ! dit-il, va-t-elle être contente
De me voir revenir si tôt avant l'attente !
Et le bébé ! Je vois son gai bonheur d'enfant :
Comme il va m'embrasser, le diable ! en m'étouffant,
Le teint chaud, et les yeux brûlants de convoitise,
Afin de s'emparer plus tôt de la surprise :
C'est plus beau que jamais il ne l'aurait rêvé...
Encore trois quarts d'heure et je suis arrivé.

La surprise, c'était un grand polichinelle
Que l'on faisait sauter en tirant la ficelle.

Il arrive au chemin qui mène à la maison :
— C'est étrange, on dirait que je perds la raison,
Se dit-il; mais vraiment je sens mon cœur qui tremble.
Je suis fou! Je n'ai rien à craindre, ce me semble;
A la ville, on disait qu'ils étaient loin : ainsi,
On ne doit pas s'attendre à les voir par-ici.

Il arrive. Grand Dieu! plus rien que la ruine!
La ferme incendiée et pillée! Il devine!
Il devine que là les Maudits ont passé,
Qu'ils ont semé la mort, et qu'ils n'ont rien laissé.
Presque fou, l'œil hagard, il court dans les décombres:
Jeanne! Paul! — Rien. — Là bas, il aperçoit deux ombres....
Ce sont eux..... Non! Il court, appelant son enfant,
Sa femme..... — Rien encor! rien qu'un air étouffant
Qui monte en s'échappant de ce carnage immense :
Rien que le désespoir, et rien que le silence!
Où sont-ils? Juste ciel! Comprenez-vous cela?
Chercher ses deux amours qu'on avait laissés là,
Et ne plus rien trouver! Où sont-ils? Il appelle.....
Rien encor ne répond à sa voix! Il chancelle.....
Où sont-ils? Dans la cour? Vide! Au bois, près d'ici?
Vide! Dans le jardin alors? Non, vide aussi!

— Voyons! voyons! dit-il, ils sont chez des voisines :
Ils n'auront pas voulu rester dans ces ruines;
Seuls, ils auront eu peur : ce n'est pas étonnant.....
Eh bien! voilà-t-il pas que je ris maintenant?
C'est que l'émotion était bien naturelle!
— Que diable ai-je donc là? C'est le polichinelle!
Pauvre petit! va-t-il être content demain!.....

Tout à coup il s'arrête au milieu du chemin,
Et pousse un cri, ce cri que jette dans sa haine
L'homme que la douleur terrasse comme un chêne.....
Devant lui, dans le sang où s'impriment ses pas,
La mère morte, ayant l'enfant mort dans ses bras!

Il tourna sur lui-même, et roula sur la pierre.

Quand il revint à lui, dans la nuit, sans lumière,
Il prit ses deux amours qui dormaient toujours là
L'un sur l'autre, creusa leur tombe, et s'en alla.

Paris, 2 octobre.

XV

LA VISION.

C'est la nuit :
Tout Paris se bat sur les remparts.
De temps en temps on voit des bataillons épars
Passer au trot, traînant sur la route qui monte,
Des canons accroupis sur leur gueule de fonte.
Au loin, des reflets roux courent sur le ciel noir.
L'assaut a commencé vers dix heures du soir :

Pour terrasser d'un coup cette France héroïque
Qui se dresse en criant : Vive la République!
Il faut prendre Paris, la superbe cité,
Qui, la première, a dit le mot de Liberté;
Il faut anéantir par sa chute profonde
Ce cerveau bouillonnant qui fait penser le monde!

Tout donne : la landwehr, la garde et les uhlans;
Les casques, dans la nuit, brillent étincelants,
C'est le dernier assaut : s'ils sont vaincus encore,
Paris ne verra plus, quand reviendra l'aurore
Éclairant un amas de bataillons fauchés,
Les enfants d'Attila contre ses murs couchés.

C'est la fin : il faut vaincre, ou la France est perdue.

Hélas! l'armée en vain s'est longtemps défendue;
Comme toujours le nombre écrase nos héros;
Le soldat n'entend plus la voix des généraux :
Devant eux comme un flot que le flux leur amène,

Monte, monte toujours une marée humaine.
Deux bastions sont pris et repris trente fois.
N'importe! il faut lutter encor comme autrefois;
Il faut lutter toujours, résigné, mais terrible;
Mourir s'il faut mourir; vaincre, si c'est possible.

Quelle mêlée affreuse et quelle horrible nuit!
Tout à coup un éclair de mitraille qui luit,
Montre Paris couché dans le sang jusqu'au ventre
Et prêt comme un lion à bondir de son antre...
A travers cet éclair Paris se voit perdu,
Et comme si l'appel pouvait être entendu,
Dans cette sombre nuit où le combat se forme,
Il se dresse d'un bond sur son séant énorme,
Et pousse un long sanglot d'agonie et d'adieu
Dont le sourd désespoir fait trembler jusqu'à Dieu!

Soudain, à ce cri, l'Arc-de-Triomphe frissonne;

Chaque héros couché se réveille et s'étonne :
On les voit, se dressant livides et nombreux,

Devant ce désespoir s'interroger entr'eux :
Que se passe-t-il donc? Quelle voix les appelle?
Ces hommes étendus dans la gloire éternelle
Où depuis soixante ans la mort les a bercés,
Voient ce déchirement des poëmes passés!

Alors, tous, arme au poing, descendent de leurs marbres;
Ainsi qu'un vent d'hiver effeuille les grands arbres,
Ce cri va réveiller nos aïeux endormis,
Et, de l'Arc-de-Triomphe, ils vont aux ennemis.
La Grande Armée est là, marchant, clairons en tête !
Comme aux jours où chantaient la gloire et la conquête,
Comme aux jours d'Austerlitz, de Valmy, d'Iéna,
La France que jamais le ciel n'abandonna,
Pour donner à ses fils la suprême victoire,
Émeut la pierre où Rude a sculpté son histoire!
Hoche, Marceau, Kléber, commandent;

En avant

Les vieux de Marengo portant panache au vent;
Derrière, les soldats de Zurich et d'Arcole;
Puis les sous-lieutenants qui sortent de l'École,
Inconnus aujourd'hui, mais qui seront demain
Masséna sur l'Adige, et Lannes sur le Mein;

Là, la cavalerie aux brillants uniformes
Dont la Prusse connaît les coups de sabre énormes,
Enfin, la Grande Armée, et le grand Souvenir,
Qu'à son râle puissant la France a vu venir!

. . . .

Le lendemain matin la France était sauvée.

— Mais d'où vient cette armée à notre aide arrivée,
Disait-on, au moment où nous étions perdus?
Aussitôt, âme et cœur nous ont été rendus :
Oh! quelle épouvantable et terrible besogne!

Et comme nous venions des remparts de Boulogne
Je vis l'Arc-de-Triomphe à mes yeux se dresser :

Les héros souriants nous regardaient passer.

Paris, 9 octobre [illegible]

XVI

LA PETITE VILLE.

A PHALSBOURG.

Contre un ils étaient venus mille!....
Mais combien d'entr'eux sont restés
Sous tes murs, ô petite ville,
Qu'Homère ou Dante auraient chantés?

Combien sont tombés sous tes balles,
Frappés au cœur et sans souiller
Tes forteresses virginales
Que le Maudit veut violer?

Combien reverront leur patrie
Pour raconter à leurs enfants
Comment deux mois, toujours meurtrie,
Toujours debout tu te défends?

Tu n'étais qu'un, ils étaient mille,
De flamme et de fer hérissés ;
Tu n'avais, ô petite ville,
Que ton cœur, et ce fut assez!

Oh! tant que vivra notre France,
Oh! tant qu'elle ira l'œil fixé
Vers l'avenir comme espérance,
Comme regret vers le passé ;

Tant qu'elle pourra voir le monde,
Graviter docile à la voix
Qui sort de sa gorge profonde
Pour enseigner peuples et rois;

Tant qu'elle règnera tranquille
Sous sa couronne de clarté;
Si longtemps, ô petite ville,
Ton nom partout sera cité!

Les peuples poursuivront la route
Où le destin les a poussés,
En écoutant comme on écoute
L'enseignement des jours passés;

Les générations humaines
Disparaîtront dans leurs tombeaux,
Ainsi qu'un amas d'ombres vaines
Que la Mort mène par troupeaux,

Et toujours on lira de même,
Les soirs d'hiver, à son foyer,
Cette Illiade sans poëme
Dont le chantre est un peuple entier!

. . . .

Contre un ils étaient venus mille!....
Mais combien d'entr'eux sont restés
Sous tes murs, ô petite ville,
Qu'Homère ou Dante auraient chantés!

Paris, le 20 septembre.

XVII

APRÈS LE COMBAT.

Ce village là-bas c'est Frechwiller.
                                        La nuit
Est arrivée, avec le repos qui la suit,
Couvrant d'ombres la plaine où fut ce grand carnage
Qui pourrait rappeler les combats d'un autre âge,
Répandant au travers de ces champs désolés
Des cadavres humains partout amoncelés,

C'est navrant.

Les soldats qu'a fauchés la mitraille
Sont tombés l'un sur l'autre, en ordre de bataille,
Sans bouger de leur poste au suprême moment :
Auprès d'un régiment un autre régiment,
Près du général mort l'officier impassible;
Et tous, fusil au poing, le front encor terrible,
N'ayant pas à la mort hésité de s'offrir,
Tels qu'ils avaient lutté se sont laissés mourir.

Çà et là des canons encloués sur la terre,
Tordant leur affût noir étonné de se taire;
Plus loin des chevaux morts, le poitrail rouge encor,
Partout le sang, partout le deuil, partout la mort!

Avançons : le massacre en tous lieux se ressemble.

Ici des grenadiers au panache qui tremble,
Là des soldats de ligne et des turcos couchés,
Rencontrés par la mort qui les avaient cherchés :

Nul n'a plié devant la trombe meurtrière;
Pas de fuyards : aucun n'a regardé derrière!

Et sur ces morts qu'a faits la volonté d'un seul,
Le silence des nuits jeté comme un linceul.

Oh! qui pourrait savoir, oh! qui pourrait connaître
Les bonheurs à venir qui dorment là peut-être!
Qui dirait ce que Dieu gardait à ces soldats
Que deux tyrans maudits ont immolés là-bas,
Pour leur ambition qui réclamait ses proies!
Qui dirait ce que Dieu leur réservait de joies!
Qui dirait l'avenir qui les attendait tous!
A celui-ci, l'enfant qu'on tient sur ses genoux
Et qui paie un baiser d'une douce caresse;
A celui-là l'amour béni d'une maîtresse,
A cet autre qui dort pour ne plus s'éveiller,
La gloire que sa mort n'a même pu payer!
. . . .

Dijon, 20 août.

XVIII

DIEU JUSTE.

J'ai vu les champs féconds qu'ils avaient mis en flammes ;
J'ai vu fuir devant eux les enfants et les femmes,
J'ai vu l'embrasement des fermes, des châteaux,
Et le feu tournoyer au penchant des coteaux ;
J'ai vu se dérouler le sanglant paysage
De honte et de douleur tracé par leur passage,
Et j'ai suivi pour route en m'avançant contr'eux,
Où le vol des corbeaux était le plus nombreux.

J'en jure devant Dieu, le Dieu vengeur et juste,
J'étais un être simple, aimant le Bien auguste !
Mais quand j'ai vu là-bas leurs hontes se dresser,
Partout où le hasard nous avait fait passer,
J'en jure devant Dieu qui voit toute âme humaine,
Mon cœur a débordé de vengeance et de haine !

Moi, qui considérais ainsi qu'un don sacré
L'existence qu'Il donne à tout être créé,
J'avais cru que tuer autrui, c'était un crime :
Je suis tombé d'un coup de ce rêve sublime.
Lorsque partout, là-bas, j'ai vu ce que j'ai vu,
Le sang couler à flots et rougir le sol nu ;
La mère en deuil, pleurant son fils qu'on assassine ;
Quand j'ai vu ces Maudits qui semaient la ruine
Dans les champs labourés par ces crimes affreux,
Où croîtra comme épis notre haine contr'eux,
Moissonnés dans vingt ans par l'enfant qui va naître ;
Quand j'ai vu tout cela devant mes yeux paraître,

Oh ! alors j'ai senti que je devais tuer !

J'ai senti tout mon sang sur mon cœur se ruer,
Et mon fusil vengeur s'est chargé de lui-même !...
Après, ayant fini l'œuvre juste et suprême,
A genoux sous le ciel et sous l'immensité,

J'ai fait bénir par Dieu mon front ensanglanté !

Gondrecourt (Meuse), 1er septembre.

———

XIX

DEVANT UN BERCEAU.

Je la voyais dormir dans son petit berceau.

Le sommeil de l'enfant et celui de l'oiseau
Qui, la tête sous l'aile, est perché sur la branche,
Ont un rayonnement dont la lueur est blanche.

Je la voyais dormir tranquille à mon côté :
Sa lèvre avait encore un reflet de gaieté ;
Elle devait penser à ses jeux de la veille.
Moi, j'entendais au loin gronder à mon oreille
Le bruit sourd du canon au Mont-Valérien...
Le baby qui dormait ne se doutait de rien.

Oh ! comme elle est heureuse ! Oh ! que je voudrais être,
Endormi, souriant comme ce petit être !
Elle dort, ignorant les temps où nous passons,
Ne sachant rien encor des pleurs que nous versons ;
Elle dort, inclinant sa tête, qu'un beau rêve
Qui commencé joyeux, en souriant s'achève,
Caressé doucement d'un vol mystérieux,...

Et je la regardais des larmes dans les yeux !

Dans vingt ans, quand la France aura repris sa place,
Quand le sang de la honte aura lavé la trace,
Lisant dans le passé l'histoire d'à-présent,

D'un peuple tout entier debout et frémissant,
Oh ! la petite fille, alors, qui sera femme,
Aura-t-elle gardé dans le fond de son âme
Une place aux héros dont nul ne sait le nom,

Morts, quand elle dormait à l'écho du canon ?

Paris, 28 octobre.

XX

LE SERGENT.

C'était un vieux sergent des guerres d'Italie,
Un de ceux que la mort pendant trente ans oublie
Et laisse bonnement vieillir sous le galon.
Une bombe l'avait déchiré tout du long,
Le fendant d'un seul coup du crâne à la machoire.
Le pauvre homme! il mourait sans rien, même sans gloire!
Ses lèvres remuaient, mais il ne parlait pas.

— Eh bien ! comment est-il, dis-je au docteur ?

— Très-bas.

Pauvre diable ! il n'a pas cinq minutes à vivre.

Je regardai : son œil terne semblait me suivre :
A le voir on eût dit qu'il m'avait reconnu.
Tout à coup, comme au bruit d'un tambour inconnu
Je vis ses yeux muets qui se gonflaient de larmes :
Et se dressant d'un bond sur le lit, au port d'armes,
Comme s'il entendait le rappel battre encor....
D'une voix claire, il dit :

— Présent !

Il était mort.

Auxonne, 8 septembre.

XXI

LA MORT DU TYRAN.

C'est fini : cette tête auguste est condamnée,
Car il ne passera pas même la journée,
Dit-on. La maladie a brûlé le cerveau.
Demain le fossoyeur fermera le caveau
Où s'étendra le corps du César qui succombe :
Ce ne sera qu'un mort de plus dans une tombe.

Le moribond est là, sur son lit chamarré.
Par moments vers le ciel son regard effaré
Se lève, invoquant Dieu qui ne veut pas répondre.
On dirait qu'à cette heure où tout va se confondre
Devant cet œil hagard par le sang injecté,
Ce roi qui tombe a peur devant l'Éternité!

Le tyran n'est plus rien : il ne reste qu'une âme.
Comme un souffle de vent qui fait trembler la flamme
Des cierges allumés au pied du maître-autel,
La mort souffle ce roi pour en faire un mortel!

La chambre est vide : à l'heure où ce règne s'achève,
Chacun s'est retourné vers l'autre qui se lève,
Et dans le fond du cœur chacun dit, à part soi :
Pourquoi rester? Le roi se meurt!... Vive le roi!

Tout à coup, il se dresse, et demande le prêtre :
Devant cet inconnu qu'il va bientôt connaître,
Devant la mort qui vient, hideuse, à son chevet,

Cet homme, épouvanté du pouvoir qu'il avait,
Veut se purifier avant l'heure dernière,
Comme s'il suffisait pour Dieu d'une prière!

Est-ce un rêve? ou ses yeux hagards ont-ils bien vu?
Mais près de lui, debout et pâle, le front nu,
Un homme, un prêtre est là, comme une sentinelle.
Au qui-vive du roi qui meurt et qui l'appelle.

— Mon père, sauvez-moi, car j'ai beaucoup péché!

Et le prêtre, muet, et sur son front penché,
Reste les bras croisés sur le cœur pour entendre
L'aveu dernier du roi que le démon va prendre.

— Mon père, j'ai péché; mon père, j'ai menti;
Mon père, c'est en vain que Dieu m'eût averti,
L'orgueil gonflait ma tête et mon âme : J'ai honte!

Mes crimes sont si grands qu'à peine je les compte!
Mon père, est-ce que Dieu pardonnera jamais?

Et le prêtre lui dit :
— Mon fils, mourez en paix.

— Mourir en paix? Comment? Ce serait impossible!
Je vois devant mes yeux un spectacle terrible!
Des morts, des spectres, là, partout sur mon chemin
Qui viennent me maudire au nom du genre humain!
Mon pere, regardez! près de vous ils s'avancent.....
Ce sont les châtiments de l'enfer qui commencent!...
Mon père, devant Dieu je me jette à genoux.....

Et le prêtre lui dit :
— Que Dieu soit avec vous.

— Que Dieu soit avec moi? Mon passé me dévore!
Lorsque j'avais assez, j'ai toujours dit : Encore!

Les pères massacrés, j'ai frappé les enfants;
J'ai fait mourir de beaux et nobles jeunes gens
Qui marchaient dans la vie insouciants et calmes,
Pour qu'un peuple de fous pût me tresser des palmes!
Mon père! éloignez-les de mon lit; je les vois,
Généraux, officiers et soldats d'autrefois!
Mes victimes sont là, le front sévère et pâle,
Qui viennent m'arracher de ma couche royale
Pour se venger sur moi du sang que j'ai versé.....
Grâce! chassez d'ici ces spectres du passé!
Je me repens! Je meurs en frappant ma poitrine!
Je meurs en invoquant la clémence divine!
Si je vis, je prierai le reste de mes jours!

Le prêtre dit :

— Mon fils, Dieu pardonne toujours.

— Dieu pardonner? Devant ce rêve épouvantable!
Prêtre, tu mens! Je suis un pécheur, un coupable,
Un maudit, et jamais Dieu ne pardonnera!
Oh! ces morts que je vois, toujours là, toujours là!

Je vois le fils en deuil qui demande son père!
Tiens! cet enfant, là-bas, il nourrissait sa mère!
Je l'ai pris pour aider à mes projets sans fin;
Il est mort, et sa mère, elle est morte de faim!
Tiens! cette jeune femme! elle était fiancée :
J'ai jeté son amant à ma gloire insensée,
Pour assouvir un peu la buveuse de sang,
Et tous les deux sont morts, morts en me maudissant
Prêtre! chasse d'ici ces anges des ténèbres!

Et le prêtre, éloignant les visions funèbres,
Dit encore une fois :
— Mon fils, mourez en paix.

— Oh! je ne les vois plus! Les spectres que j'ai faits
Devant le nom de Dieu sont rentrés dans la tombe.....
Pourtant je sens un poids sous lequel je succombe,
Qui m'écrase le cœur de son fardeau puissant,
Plus lourd que ce manteau de misère et de sang!
Mon père! sur mon trône élargi par l'épée,
J'ai menti pour grandir ma puissance usurpée!

Devant des champs entiers que j'avais mis en feu,
De prières sans nom j'ai voulu salir Dieu!
Mon père! je l'ai fait complice de mes crimes!
Devant le champ de mort où dormaient mes victimes,
Je l'ai pris à témoin que j'allais en son nom,
Et j'ai noirci l'hostie au souffle du canon!
J'ai pasquiné la foi que Jésus a fait naître!
Non! ne refuse pas de me bénir, ô prêtre!
Bénis-moi! Que je meure au moins pur et sacré.....
Tu recules? Demeure et je te donnerai
De l'or, un évêché, la gloire, la puissance,
Tout ce que tu voudras pour un peu d'espérance!
Prends ma couronne, et si tu veux, couronne-toi!
Mais que je meure au moins en ayant Dieu pour moi!

Le prêtre l'a béni!
César, l'heure est venue
Où du ciel va sonner la vengeance inconnue!
César, tu te crois sauf par un signe de croix,
Qui, bénissant un homme, est trop peu pour des rois
Dont le nom est marqué d'un stigmate de haine
Dans l'exécration de la mémoire humaine!

César ! le Dieu vengeur n'aura rien oublié !
Ni ces morts pour lesquels tu demandes pitié,
Ni ces crimes, ni ces meurtres, ni ces pillages !
Tout cela fait pour lui d'effroyables sillages
Dans l'Océan humain où ta gloire a sombré !
César ! tu n'es plus rien qu'un cadavre exécré !
Meurs sur ton lit royal où tu te désespères !
Meurs maudit ! sans pardon, sans larmes, sans prières,
Dans le ricanement horrible du damné.....

Si le prêtre a béni, Dieu n'a pas pardonné !

Paris, 7 octobre.

XXII

LA FIN DE GUILLAUME.

J'entends dire : Il faudrait qu'il fût tué !...
Non pas !
Il ne doit pas mourir de la mort des soldats !
Quoi ! ce bandit royal qui porte sur la face
Le sceau dont l'a marqué la haine d'une race,
Cet homme que bientôt l'histoire aura jeté
A l'exécration de la postérité,

Cet homme, plus maudit que Néron et Tibère,
Mourrait comme un soldat en jetant son tonnerre !
Allons donc !
Il mourra simplement dans son lit !
Mais à l'heure suprême où l'éternité luit,
En pensant aux héros que son orgueil égorge,
Il sentira leur sang lui monter à la gorge !

Oh ! la page où Tacite imprimera son nom

Il ne restera rien de ses coups de canon,
Rien des crimes sans fin qu'il commet à toute heure,
Car le meurtre s'en va, si la honte demeure !
Il dira ce qu'il fit et ce qu'il a voulu ;
Le pillage qu'il a froidement résolu ;
Le sang qui coule à flots comme un océan rouge ;
L'espion qu'il a fait soudoyer dans son bouge !
Il dira le mensonge à toute heure, en tout lieu,
De ce pasquin royal qui jongle avec son Dieu !
Il dira ce qu'a fait cet immonde hypocrite,
Qui fait jouer Achille à l'âme de Thersite !

Dormez ! dormez en paix, ombres de nos soldats !
A côté de Brutus et de Léonidas,
A côté des héros, des saints et des génies,
L'histoire a le feuillet où sont ses Gémonies ;
Sa place est là marquée à côté des tyrans
Et de ces grands bouchers qui jouent aux conquérants !

Paris, 7 octobre

XXIII

L'AMI.

C'est à la pension que je l'avais connu.

Je le revois encor, la main sur son front nu,
Avec ses cheveux noirs qui tombaient sur les tempes,
Etudiant un livre à la clarté des lampes.
C'était un travailleur très-tranquille et très-doux,
Et chacun s'était fait son ami parmi nous.
Nous nous étions liés un peu plus l'un et l'autre.

Oh ! quelle liaison charmante que la nôtre !
Tous les deux nous étions de précoces rêveurs,
De ceux pour qui l'étude a d'étranges saveurs :
Son Dieu c'était Colomb : le mien c'était Shakespeare.
Souvent il me parlait, et je le laissais dire,
De voyages sans fin à travers l'Océan,
Pour aller arracher un monde à son néant.
Quels projets d'avenir nous avons faits ensemble !
C'est bien loin, et pourtant quelquefois il me semble
Que c'était hier encor qu'il me parlait ainsi.....

D'une balle perdue il est mort loin d'ici :
Je ne sais même pas où repose sa cendre....

O mon Dieu ! qu'avait fait cet enfant, pour le prendre !

Paris, 22 octobre.

XXIV

PRIÈRE.

O toi dont le front pur s'illumine et rayonne,
Jeunesse, écoute-les, ces vers que je te donne!
Amis, frères, vous tous qui me serrez la main,
Amis d'hier, peut-être ennemis de demain,
Écoutez un instant une voix jeune et forte
Qu'à travers son oubli mon âme vous apporte!
Car je t'aime, ô jeunesse au cœur nerveux et fier,
Légion de héros qu'on ignorait hier,

Et qui, sortant demain de leur ombre profonde,
Apparaîtront vainqueurs en plein soleil du monde !

— Tu sais ce qu'on a dit et ce qu'on dit sur toi :
Tu n'as plus d'avenir et tu n'as plus la foi ;
Ta séve s'est tarie au contact de notre âge,
Tu n'as plus ni fierté, ni force, ni courage,
Et ton bras ne pourrait soulever une fois,
L'armûre que portaient nos pères d'autrefois !
Le génie et l'amour, ces sœurs de la jeunesse,
Sont bien morts dans ton front, qu'on veut courber sans cesse !...
Mais va ! ne réponds rien ! — car si par une nuit,
Nos aïeux, délaissant leurs cercueils de granit,
Secouant sur le sol la poussière des tombes,
Venaient porter le poids sous lequel tu succombes,
Sans doute ils s'écrieraient, en baissant leurs fronts blancs
Sur leurs seins décharnés : Ceux-là sont des géants !

— Ton armure est de fer ; elle a nom : l'Espérance.

Que t'importent la haine et le mépris immense?
N'as-tu pas devant toi l'avenir? — N'as-tu pas,
Ce qui vaut mieux encor que les biens d'ici-bas,
La foi, l'amour sublime et vierge de souillure,
Pour la belle déesse à l'âme forte et pure,
Qu'on veut chasser en vain du monde épouvanté,
— Que Dieu nomme : Grandeur! — et l'homme : Liberté?
Et pour la voir paraître au jour de la victoire,
Sur son fier piédestal de triomphe et de gloire,
Ne combattras-tu pas l'âme et le corps en feu,
Énergique pour l'homme et modeste pour Dieu?

Va, ton épée est rude : elle a nom : le Génie;

Non pas celui qui doute ou celui qui renie,
Mais ce fier sentiment que rien ne peut dompter,
Dieu qui ne se vend pas, et qu'on veut acheter;
Voix qui tonne et qui frappe au jour de la bataille,
Te faisant un rempart de corps jusqu'à la taille;
Éclair qui gronde, part, illumine, et soudain
Pulvérise tyrans et trônes en chemin!

Tiens ! — le tonnerre suit ; il éclate, terrible !
Malheur à l'homme vil ! malheur à l'insensible !
Malheur à qui fut traître et vendit son honneur,
Judas de la pensée, et trafiquants du cœur !
Malheur à tous enfin que le mépris accable,
Car il les réduira plus minces que le sable !

Oh ! ce tonnerre-là, quel terrible bourreau !

Voyez, tout disparaît dans la nuit du tombeau,
Tyrans, drôles, coquins, traîtres et courtisanes,
Regarde-les, tous ceux enfin que tu condamnes,
Évanouis, tombés, disparus sans retour,
La sombre nuit pour eux qui faisaient peur au jour !
Car le tonnerre a dit, en poursuivant sa route,
Au tyran : Écoutez ! — Et le tyran écoute !
Et se faisant du coup un royal échafaud,
La voix qui part d'en bas monte frapper en haut !

XXV

A CHATEAUDUN

Si j'étais un roi, tyran d'hommes,
Je donnerais tout mon trésor,
Mon harem et mes gentilshommes
Aux costumes chamarrés d'or,
Pour ajouter à mon histoire
Un seul fleuron comme le tien,
O ville morte dans ta gloire,
Comme un gladiateur chrétien!

Si j'étais cité magnifique,
Je donnerais tous mes enfants
Et mon église poétique,
Et la moisson d'or de mes champs;
Si j'étais cité, faible ou forte,
Je donnerais tout mon passé,
Pour t'imiter et tomber morte
Dans le sang que j'aurais versé!

Je ne suis qu'un obscur poëte
Par ton héroïsme exalté,
Et ne peux que lever la tête
De mon poëme ensanglanté,
Pour montrer du doigt à l'histoire
Ton nom que l'avenir retient,
O ville morte dans ta gloire,
Comme un gladiateur chrétien!

Paris, 28 octobre.

L'autre est d'avoir dix ans parmi les tiens vécu...
Or, quand j'ai vu ton bras invincible, vaincu,
Pour payer celle-là j'ai jeté mon épée,

Et, triste, j'ai chanté ta sanglante épopée!

Paris, 31 octobre.

TABLE DES MATIÈRES.

Paris.— Impr. Paul Dupont, rue J.-J.-Rousseau, 41.—3981-10-70.

www.ingramcontent.com/pod-product-compliance
Ingram Content Group UK Ltd.
Pitfield, Milton Keynes, MK11 3LW, UK
UKHW021111220726
13924UKWH00004B/1646